克瓦特探案集 ③

神秘的面具

[德] 于尔根·班舍鲁斯 著

[德] 拉尔夫·布茨科夫 绘

彭卉/江澜 译

汉斯约里·马丁奖

德国优秀青少年侦探故事小说奖

百花洲文艺出版社
BAIHUAZHOU LITERATURE AND ART PRESS

图书在版编目（CIP）数据

神秘的面具 /（德）班舍鲁斯著；（德）布茨科夫绘；彭卉，江澜译.—南昌：百花洲文艺出版社，2015.9
（克瓦特探案集）
ISBN 978-7-5500-1504-3

Ⅰ.①神… Ⅱ.①班… ②布… ③彭… ④江… Ⅲ.①儿童文学-侦探小说-德国-现代 Ⅳ.① I516.84

中国版本图书馆 CIP 数据核字（2015）第 208502 号

Author: Jürgen Banscherus
Illustrator: Ralf Butschkow
© Krach im Zirkus Zampano Ein Fall für Kwiatkowski. Bd.05 (1997)
© Die afrikanische Maske Ein Fall für Kwiatkowski. Bd.06 (1998)
by Arena Verlag GmbH, Würzburg, Germany.
www.arena-verlag. de
Chinese language edition arranged through HERCULES Business & Culture GmbH, Germany
Translation copyright © 2015 by shanghai 99 Culture Consulting Co.Ltd.

江西省版权局著作权合同登记号：14-2015-0217

神秘的面具　克瓦特探案集③

〔德〕于尔根·班舍鲁斯　著　〔德〕拉尔夫·布茨科夫　绘
彭卉　江澜　译

出 版 人	姚雪雪
责任编辑	王丰林　郝玮刚
特约策划	尚 飞　杨 芹
封面设计	李 佳
出版发行	百花洲文艺出版社
社　　址	南昌市红谷滩新区世贸路 898 号博能中心 A 座 9 楼
邮　　编	330038
经　　销	全国新华书店
印　　刷	山东德州新华印务有限责任公司
开　　本	889mm×1194mm　1/32
印　　张	4.875
版　　次	2016 年 2 月第 1 版第 1 次印刷
字　　数	42 千字
书　　号	ISBN 978-7-5500-1504-3
定　　价	16.00 元

赣版权登字：05-2015-357

网址　http://www.bhzwy.com
图书若有印装错误，影响阅读，可向承印厂联系调换。

目 录

克瓦特探案集

查姆帕诺马戏团里的争吵

彭卉 译

如果这段时间有人想找私家侦探，那他来我这儿可是找错地方了。

我生病一个星期了。我大声咳嗽，还打喷嚏，打得连墙壁都震动了，连我的卡本特牌口香糖也不再好吃了。我现在吃的只有全脂鲜奶和医生给我开的非常甜的药片。

"克瓦特，你患了严重的流行性感冒。"被我母亲深更半夜从被窝里叫起来给我看病的医生对我说，"你暂时不要去学校了。"

不去上学我当然很开心。但是如果明天有人需要一个能干的侦探，那该怎么办？可恶，我真不敢往这方面想！

在办上一个案件的时候我感冒了。

一天，妈妈敲了敲我的房门，把一个小男孩推进了我的房间。

"克瓦特，"妈妈说，"他要找你这个著名的——私家侦探。"她说这句话时，故意把"著名"两个字的声音拉得老长，像拉长的口香糖一样，就连最笨的人都知道，她是在寻我开心。

我太熟悉妈妈这样的话了，所以我只能回

应道："很幽默，妈妈。"然后我才仔细打量这个来访者。

这个小男孩比我矮一点儿，但比我强壮得多。对他而言，即使他站在窗户外，也能一把抓住我的手臂。他穿了一条褪色的运动短裤，上衣是一件印有"查姆帕诺马戏团"字样的T恤。

妈妈走后，我对这个年轻人说："讲吧！"他用手梳理着漆黑的头发，吞吞吐吐地说：

"事情是这这这这样的……所所所所以……我需要你的帮助。"

我指着写字台旁边的椅子说："坐吧！你吃口香糖吗？"

他摇了摇头，一坐下来便开始自我介绍："我叫普里姆斯，是查姆帕诺马戏团的一员。现在我们正在你们这个城市演出。也许你已经看过我们的宣传海报了。"

我点点头。因为这些宣传海报贴在了每个垃圾桶上。

"在我们马戏团里总有点不对劲。"普里姆斯接着说，"克瓦特，我必须知道到底发生了什么事。

一定得知道！"

说着他从裤袋里掏出两张入场券，并把它递给我。"今天晚上来看表演吧！尽管带你想带的人一起来好了！"

"慢，慢。"我边说边把门票放在我的旧电唱机旁边，"首先我必须知道这到底是怎么回事，我应该注意些什么。"

"注意所有的

8

东西。"普里姆斯回答说。

这个回答真让我想给他的鞋子里放点什么东西。

"你发什么神经!"我嚷道,"在这种情况下侦探没法展开工作!"

普里姆斯耸耸肩:"我听说你是这里最伟大的侦探。"

"你听谁说的?"

"听一个送比萨饼的人说的。"普里姆斯回答道,"他昨天晚上来给我们送比萨饼了。他是骑单车来的。"

哦,我的名字是弗里茨告诉他的。在上次滑轮鞋失踪的事件中,

这个好心的弗里茨是主要人物。

"克瓦特，现在可以了吗？"普里姆斯问我，"你会帮我吗？"

按常理，我是不会受理那些我不明白到底是怎么回事的案子。没有哪个侦探会这么做。

然而免费去看马戏这简直太诱人了。所以我回答："没问题。如果成功的话，我要五包上好的卡本特牌口香糖，在奥尔佳的售货亭你可以买到。"

"就这么定了，克瓦特。今晚见。"

普里姆斯走了以后，我更仔细地看了看这两张入场券。我为什么要卷进来？直到今天，在所有我受理的案件中，我总是知道事情的来龙去脉：在口香糖和滑轮鞋失踪的案子中，在电线被破坏的案子中，或在奇怪的足球比赛案子中。但现在呢？"要注意所有的东西。"那个男孩是这样说的。他到底是什么意思？

妈妈从门外伸进头来，好奇地问："怎么，你又有一桩新案子了？"

我点点头："妈妈，你跟我一起去马戏团吗？就在今晚。我有免费入场券。"

她摸摸我的头："我是非常想和你一起去

的。可惜我得在医院值晚班。"

"但我必须去。"我说。

"和奥尔佳一起去怎样？"妈妈建议说。我的天啊，妈妈的态度大有改观了！在几个月前她还想对我进行长达数小时的说教，告诉我足够的睡眠对学生来说有多重要。

"好主意。"我说完亲了妈妈一下，然后往售货亭跑去。

老远就看到奥尔佳红得发亮的鼻子。

"喂，奥尔佳，你这是怎么回事？你在扮演交通灯还是发生了别的事？"我笑着问。

"真滑稽！"她叹口气，并在一块绣满花的手帕里大声地揩鼻涕，"克瓦特，我生病了，肯定是很严重的病。"

"奥尔佳，别胡说八道了！得个伤风感冒不会死人的。"我边说边拿出那两张入场券，"今晚你一定要和我一起去马戏团看表演。"

奥尔佳递给我一杯汽水："噢，不行。甜心，我是肯定不会去的。这里收了工我就要马上躺到床上去。"

真倒霉！当然我可以一个人去马戏团，但两双眼睛总比一双眼睛看得清楚，特别是当我不知道该注意些什么的时候。

就只有一个办法让奥尔佳去了。我可不想这么做，但在有些情况下又需要做出这样的自我牺牲。于是，我果断地踮起脚，越过柜台去亲了奥尔佳一下。

"这涉及一个新案件，"我嘟囔着说，"我需要你的帮助。"

这是奥尔佳从我这里得到的第一个亲吻。

这个吻产生了奇迹（此外，我也担心我会被传染感冒而倒床不起）。

"那好吧，你这个小淘气，"她心满意足地叹了口气，捏了捏我的脸，说道，"你把我说服了。"

我们约好七点在售货亭碰面。当我往家里跑时，还能听到奥尔佳不断用手帕揩鼻涕的声音。

查姆帕诺马戏团的帐篷支在体育馆旁边的空地上。普里姆斯站在大门口，正用一根很粗的铅笔把每位观众的鼻尖涂红。

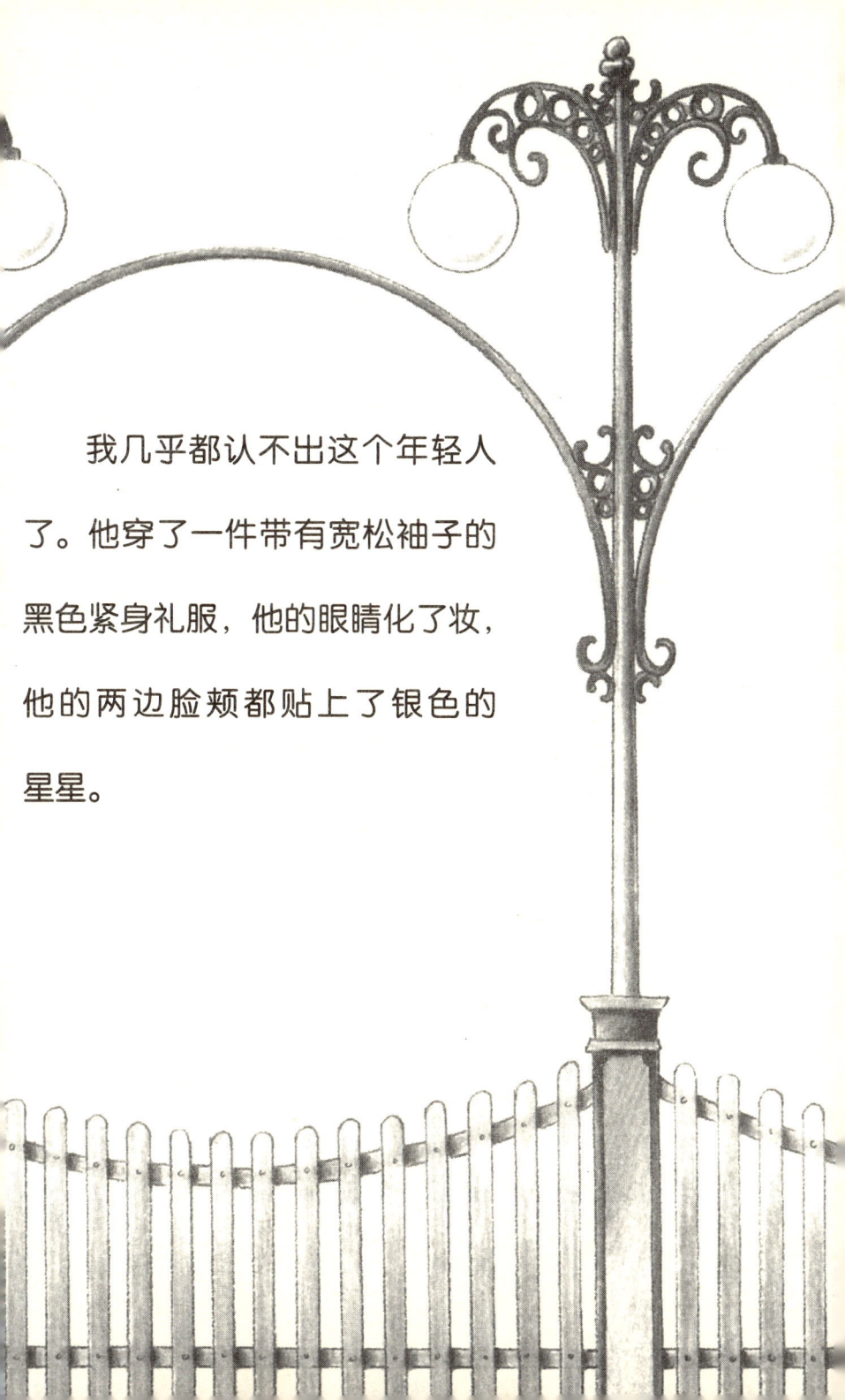

我几乎都认不出这个年轻人了。他穿了一件带有宽松袖子的黑色紧身礼服，他的眼睛化了妆，他的两边脸颊都贴上了银色的星星。

他一点也没表现出他认识我。我的天，这个家伙确实让整个气氛变得紧张了。

为了以示庆祝，奥尔佳这一天特意穿了一条花连衣裙，蹬了一双高跟鞋。为此，她差点在马戏团的帐篷里跌倒了，不过好在马戏团的骑术表演者扶了她一把，使她摆脱了险境。等她艰难地坐到一个座位上时，她掏出了她的化妆盒开始补妆，接着她又离开了熙熙攘攘的人群一会儿。

当她重新回来时，她问我："现在接下去要怎么做？"

"这个马戏团的年轻人想知道有什么能引起我们注意的。"我解释说，"其他的他没有向

我透露。接下来会怎样，我也不知道。也许这

家伙只是胡说八道而已。"

　　"哦，那倒好。"奥尔佳嘟囔着说，"就为这事儿你把我的健康当儿戏！"

　　我笑了起来："奥尔佳，你会好起来的。现在，你注意看右边的观众，我看左边的。好吗？"

　　奥尔佳点点头，问道："那舞台怎么办？"

　　我回答说："我们一起观察吧。"

　　当我看到她怀疑的目光，又加了一句："我们肯定能行的。"

帐篷里的人渐渐地多了起来。不知什么时候，帐篷里大多数的座位都坐上了人。这时乐队开始奏乐——就在这一刻，我意识到我们的工作十分艰巨。因为首先，我们根本看不清坐在对面的观众；其次，我对舞台上表演的节目更感兴趣。

查姆帕诺马戏团只有为数不多的几名表演者。因此，他们每人都必须扮演许多不同的角色：小丑、驯兽师、走钢丝的人、荡秋千的人或是西部牛仔。普里姆斯几乎出现在所有节目的舞台上：在弹簧床上，他凌空翻了三个跟斗；他单手倒立在多人组合金字塔的顶端；他还扮演了愚蠢的奥古斯特国王……他惟妙惟肖的表演让奥尔佳连眼泪都笑了出来。接着他又以闪电般的速度从飞奔的白马上跳了下来。观众像疯了一样热烈地鼓掌。普里姆斯是今晚的明星。

"有什么引起了你的注意吗?"趁着重新布置舞台的时机,我问奥尔佳。

"当然有。"奥尔佳回答说,"你

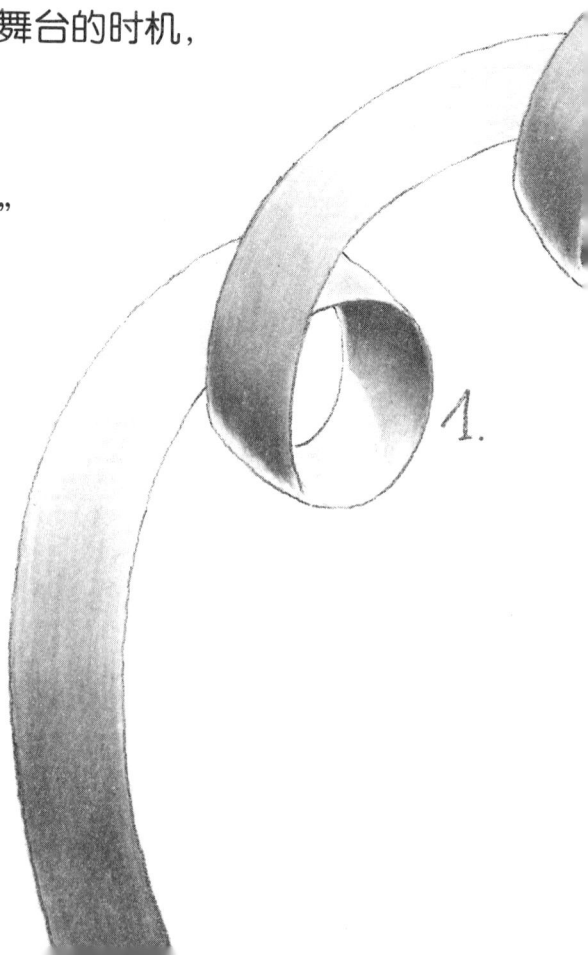

的朋友棒极了。我敢打赌，他会举世闻名的！"

唉，奥尔佳和我一样，几乎都没留意过看

3.

2.

马戏的观众。但我不能责怪她，毕竟我也完全

忘了我来这里的初衷。已经十点了，马戏团的

经理在麦克风前用力地喊道："尊敬的女士们先

生们，在最后，也是今晚最高潮的部分，您将欣赏到世界顶级杂技演员的表演：四人杂技！"

普里姆斯自然又在其中。除了他，还有一个身穿鲜红色表演服的少女和两个成年男性。我和奥尔佳像着了魔似的，双眼紧紧地跟随舞台上所表演的一切。表演杂技的四个人将球、碟子、帽子、轮子、柠檬甚至他们的鞋子一件紧跟一件地向对方抛去。

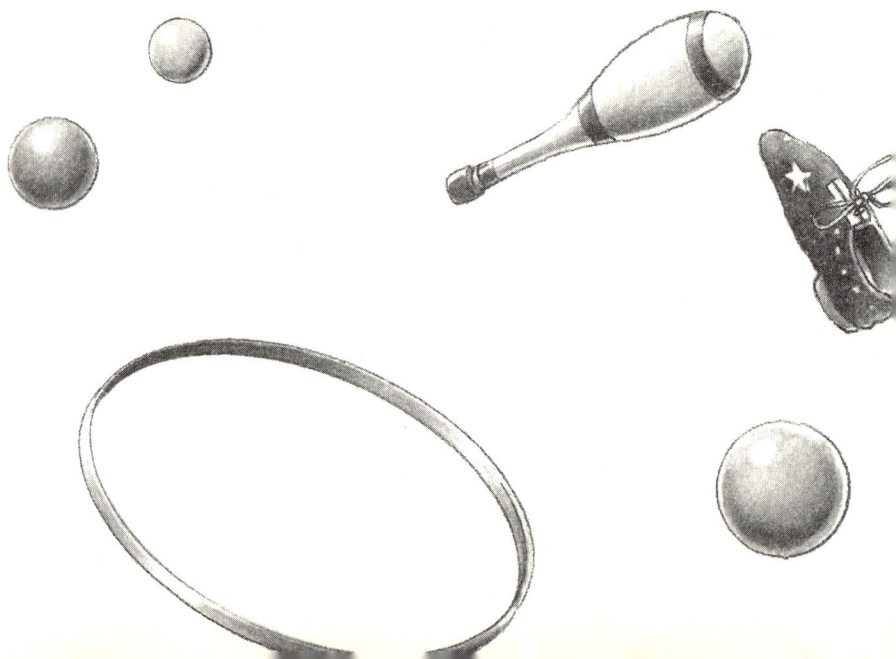

这些东西就像是被施了魔法一样，在空中从不会相撞。我对普里姆斯的敬意在一点点地增长。

接着发生了一件事情。穿红衣服的少女向高空抛出了一根木棒。

然而木棒飞得太高，在观众的一片惊呼声

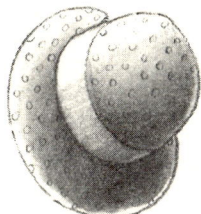

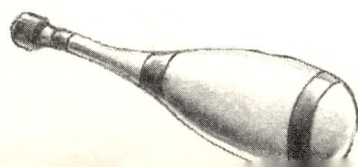

中落入了观众席。

不一会儿，便有人将木棒扔回了舞台。那
个女孩接住木棒，进行了第二次尝试。这次成
功了，而且非常完美。随着所有演员和动物的
出场谢幕，今晚的演出结束了。

"怎样？"当我们挤过人群向大门走去时，

我问奥尔佳。鼓掌鼓得我手指都疼了。

她陶醉得直翻着白眼地回答说："克瓦特，这真是一次完美的演出。"

"我不是指这个。"我说，"现在有什么引起你注意了吗？"

"你是指那个木棒的事情？"她反问我。

我点头，说："正是这件事。"

"每个人都可能遇到这样的事。"奥尔佳说，"也许节目正是这么安排的。"

她还想继续讲下去，但普里姆斯向我们跑过来了。他还没卸妆，汗水从他扑了粉的脸上流下来，留下一条条清晰的纹路——他看起来有点像吸血鬼德库拉伯爵。"跟我来。"普里姆斯说。还没等我们回过神来，他已经往前走了。我们在一辆马戏团汽车前停了下来。在它的入口处立了块招牌，上面写着闪闪发光的几个字：查姆帕诺咖啡馆。

"请进，随便坐！"他邀请我们道，"我五分钟后就回来。"

说完他就消失在另一辆马戏团汽车中了。

"他是一个有礼貌的年轻人。"我们在咖啡车里找到一张桌子坐下后，奥尔佳说。

"哼。"我只这样回应。我可不接受像"礼

查姆帕诺咖啡馆

貌的年轻人"这类说法，这让我浑身起鸡皮疙瘩。奥尔佳笑了笑，走去前台拿了两杯柠檬味的汽水。

没多久，普里姆斯就回到了我们中间。他已经卸了妆，并且换了衣服。他穿着牛仔服、运动衫和体操鞋，看起来又跟普通人一样了。

"晚上好，克瓦特夫人！"他向奥尔佳打招呼，并伸出了手，"我是普里姆斯。"

"晚上好！"奥尔佳回答，"但我不是克瓦特夫人。我叫奥尔佳。克瓦特的妈妈没空，所以我就跟克瓦特一块来了。顺便说一句：你的表演棒极了！"

"谢谢。"普里姆斯很简短地回答。"你发现什么

特殊的地方了吗?"他转过头来问我。

我喝了一大口汽水说:"只有木棒那件事。"

"但那偶尔也是可能会发生的啊!"奥尔佳插了一句进来。

普里姆斯摇了摇头说:"不,这是不应该发生的。好吧,也许一个月会有一次这样的情

况，但不应该在每次的演出上啊。"

"每次演出都这样？从什么时候开始出现这种情况的？"我激动地问。这个案子越来越有意思了！

"自从我们来到这个城市，"普里姆斯回答，"我姐姐就开始一直犯这个错误。"

"你姐姐？"

"是的，是我的大姐。梵妮莎本来是我们中最

好的一个。在训练时也一切顺利，每次她都能非常准确地抛出木棒。就是在正式表演时老出问题。"

我们都沉默了一会儿，然后奥尔佳发问了："这就是我们应该留心的事情？"

"本来不是。"普里姆斯说，"本来我只是想知道木棒飞入观众席的时候发生了什么。"

"那你为什么不直接跟我讲？"我嚷道，"这样我可能早就把问题解决了。"

"要是在演出时梵妮莎看到你偷偷摸摸地走来走去，那么今天晚上她也许就不会出错了。"普里姆斯冷静地说道，"我不能那样做，

克瓦特。所以我没有提前和你说。"

我并不同意他的说法，但现在也改变不了什么了，所以我说："也就是说，这事与你姐姐有关。"

普里姆斯使劲儿地点头，说："梵妮莎有些不对劲儿。"

"你认为这事和木棒有关联？"

他耸了耸肩。"可能有，也可能没有，反正自从我们来到这个城市，

我姐就像变了个人似的。她经常跟我爸吵架，跟我也基本不说话了。我担心……"他停了下来。

"你担心什么？"

"我担心，梵妮莎陷入了什么不正当的事情。"普里姆斯把他刚才的话补充完整。"但我还是喜欢她，非常喜欢！"他又轻轻地加了一句。

嗯，这真是一件棘手的案子。

"明天我会过来仔细检查一下所有的东西。"我对普里姆斯说，"我会弄清楚到底发生了什么事的。"

我的声音听起来铿锵有力，很令人信服。

然而实际上，我只知道我必须对木棒进行检查。如果针对它没发现任何线索，那我就真是无计可施了。

在回家的路上，我陷入了沉思，直至奥尔佳响亮的喷嚏声把我从冥思苦想中惊醒。

"克瓦特，我们到家了。"她说。事实上我们已经站在我和妈妈住的房子前了。

"谢谢你的邀请，我玩得很开心。你认为你能破这个案子吗？"

我耸耸肩，回答说："不知道。"我也确实是这么想的。

"你肯定能成功的。"奥尔佳说，"到目

前为止你都一直是成功的。"说完她弯下腰，想给我一个道别吻。但我机灵地跳到了一边。我宁愿自己决定谁在什么时候可以亲我。

"睡个好觉，奥尔佳。"当我从口袋里掏出我的钥匙时，我说道，"也祝你好梦！"

3

第二天早上我们写了一篇关于上星期班级旅行的作文。那天雨一直下个不停，青年旅馆的床铺又太硬，而房间里的弹珠机也是坏的。

我把这一切完完全全地写进了我的作文里，并且确信作业本上肯定又只是一个"及格"。

一放学，我就跑去查姆帕诺马戏团。在那里我一个人都没有见到，只有装动物的车上传

来一些声响。那两头大象明显是想毁掉它们的

笼子。老实说，换作是我，也没兴趣在这样一

个紧巴巴的笼子里度过余生。

我到处寻找普里姆斯，最后来到广场上马戏团成员居住的大篷车停驻地。车顶上安装了卫星接收器，窗户垂着整洁的有褶子的窗帘，从那里面传来煎炒土豆和熏肉的香味。

我想随意敲敲其中一扇门，去询问普里姆斯在哪里。

正在这时，我听到了吵架声。一个激动的男声从马戏团最大的居住篷车中传了出来。

我小心翼翼、蹑手蹑脚地靠近那辆车。事实证明这根本没必要。那个男人吼得如此大声，我不用走近就能听清他的几乎每一个词：

"昨晚是最后一次了！……"

"你到底是怎么回事……"

"从今天起你要做更多的训练！……"

"我真想揍你一顿……"

"你的脑子里到底装着些什么荒唐可笑的

东西啊？……"

天啊，我认得这个声音！这是马戏团团长

的声音！

就在这时，我看见普里姆斯穿过马戏团的居住篷车，悠闲地向我走过来。当听到训斥声时，他便停在原地，并向我打手势，示意我跟着他走。

"气氛紧张。"他小声地对我说。

等我们走远了，普里姆斯才叹了口气，说："我爸爸生气了，可怜的梵妮莎！"

"这个马戏团团长是你的爸爸？"我吃惊地问普里姆斯。这时，我们已来到了马戏表演的大帐篷里。

普里姆斯点点头："我们原本就是一个大家庭。我有四个兄弟，还有我的姐姐梵妮莎，再加两个表姐、三个堂兄……"说完，他又想了一会儿，"还有一个叔叔和一个阿姨也在查姆帕诺马戏团。"

"你妈妈呢？"

"她管财务。"普里姆斯笑着说。

在帐篷里，我要他把他姐姐的那些木棒拿给我看。木棒与圈、球一起放在更衣间前面的一个大箱子里。从木棒的外表看没有发现任何可疑之处，所以我问普里姆斯："它能打开吗？"

"当然可以。你怎么这么问？难道你认为梵妮莎在里头藏了什么东西？天哪，克瓦特，很有可能啊！我自己怎么就没想到这个！"

木棒一点不费力地就被拧开了。我打开了十五根，全是空的，但在第十六根里我发现了一张纸条的残余部分。带着胜利者的姿态我把它放在普里姆斯的面前。

他一个字又一个字地大声朗读：

他大叫起来："这是什么意思？"

哈哈，现在我可是找到了重要线索！

"这意味着什么？"我大声地说，"这是勒索，我敢打赌！你没看到纸条上写的吗？‘最后通牒，十万马克，在火车站广场。’"

"你胡说！梵妮莎不是什么勒索者啊！"普里姆斯气急败坏地叫道，"再说，她在这个城市也不认识任何人！"

我耸耸肩："我们等着瞧吧。下一场演出是什么时候开始？"

"三点。"普里姆斯回答，"为什么问这个？"

"我还要一张免费入场券。"我解释说，"我想知道在观众席里，是谁把木棒扔回给你姐姐的。"

"别逗了。"普里姆斯说，"我们的帐篷可以容纳三百人，你不可能同时观察到所有人的，克瓦特。"

"我会想到办法的。"我说。

在演出开始时，还有些位置是空的。现在是下午，过来看表演的大多是小孩，他们会弄出很大的喧闹声。

但等马戏团团长宣布马戏表演开始时，他们就完完全全地安静下来了。我就坐在最后一排，暗中观察这些观众中到底是谁在接梵妮莎的木棒。

普里姆斯说得有道理，这的确有点像在大海里捞针一样困难。但谁让我是个侦探呢?!

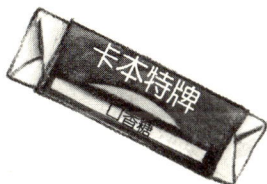

我嚼了一片卡本特牌口香

糖，然后继续思考。突然，一个主意出现在我的脑海里：如果梵妮莎像昨天那样把木棒扔向同一个方向，那我至多只要留心二十个人。于是，我在昨天木棒掉落的区域找了个空位，这样坐在我前面的人就逃不出我的眼睛了。

演出开始了。和昨晚一样，我再次对这四位表演者让球、圈、木棒，甚至柠檬、鞋子、盘子在空中翻滚的技巧惊叹不已。

梵妮莎的确是一流的。她让其他的杂技演员黯然失色。但是到现在为止什么事情也没发生。木棒毫无例外地从一名杂技演员的手里飞向另一名杂技演员。

可惜，我想，太可惜了。

然而就在这一刻，就在这一秒，在我的眼睛和脑子都稍稍放松的时刻，一根木棒落入了观众席中。

一个坐在我前面三排的年轻人接住了木棒，并以闪电般的速度打开了它。他取出了里面折叠成小块的一张纸片，再将木棒合上，然后将木棒扔回给梵妮莎。整个过程还不到十秒钟。哈哈，这下我找到了线索。这个线索像三车道的马路一样再明显不过了。

也许我不是侦探史上最伟大的侦探，但绝对是第二伟大的！

此后，杂技四人组的演出再没出什么意外。等到顺利结束的时候，舞台上的普里姆斯好奇地朝我望过来。我竖起了食指和中指，做了一个胜利的手势。

表演结束后我必须留下来，去跟踪那个接

Victory

注：英语胜
利的意思。

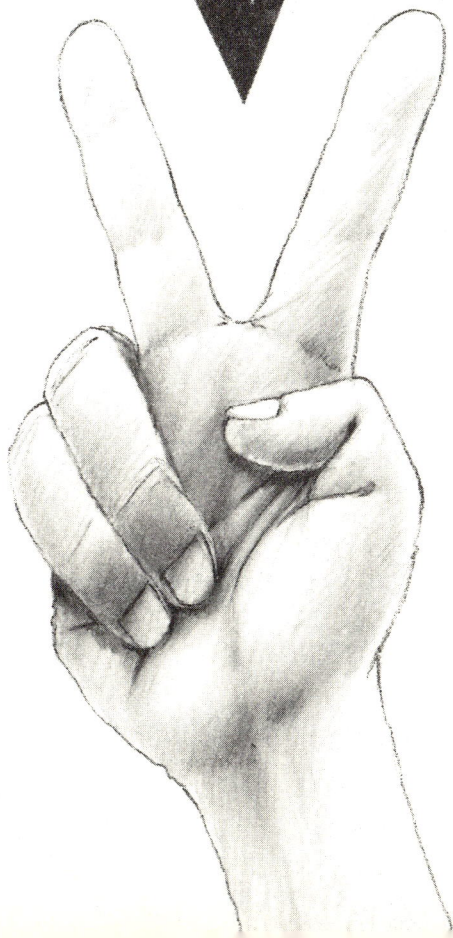

住梵妮莎木棒的年轻人。他灵活地穿过拥挤的孩子群走到了出口处，然后他一直跑到下一个街角处才停下来，接着他就开始惬意地快步走了起来。看起来，他没有察觉到自己被人跟踪了。

我们在城市里穿行时，他一次都没有转过头来。

不一会儿我们到了一个新建的住宅区。在那里，他消失在一幢联排公寓楼里。我坐在公寓对面公共汽车站的长椅上，嚼着一片卡本特牌口香糖，等待着。

这个年轻人是梵妮莎的同谋呢，还是受害者的家属？还是说，他可能是勒索者，而梵妮莎是受害人呢？或者，他可能只是个送信的人？

唉，这的确是我侦探生涯里最复杂的一个案子，但我会弄清楚这个谜的。然后呢？然后我必须叫警察来，一桩勒索案对我这样一个小孩来说真是太复杂了。

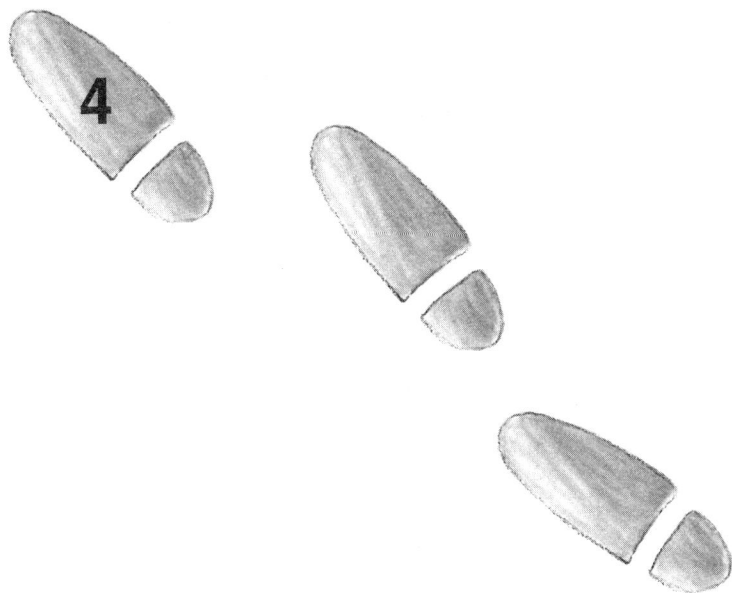

4

十分钟后，那个年轻人又出现在街道上。

他看都没看我和其他在公共汽车站等车的人，

就径直向前走去。

一开始，这场跟踪就像是小孩子的游戏一

样简单。我在他身后保持五十步的距离，并留

神不要让距离扩大就行了。

但是拐过一个街角后，他突然消失了，就

像被大地吞噬了一样。当时，两个家具搬运工正将一张巨大的写字桌拖进一幢办公楼里，在这一瞬间我的注意力被转移了。

当我再度向前看时，每条街道都是空的。这个家伙把我给甩了！真气人！

在我面前是一个十字路口，他肯定是选择了其中的一条。为了重新找到他，随便选择一条大街是没有意义的，这样只会让我筋疲力尽。不，在这种情况下我需要口香糖、思考和运气。

突然，我想到有些银行是有两个出入口的。天啊，这就是我要找的！那个年轻人说不定就是从附近的银行逃脱的！

我立刻行动起来。我故意跑得飞快，以至于我差一点就要撞上银行的咨询台。

"我能帮你吗，小家伙？"坐在咨询台里的女士发问了。

一般来说，叫我"小家伙"总会让我觉得很恼火，但现在我可没有时间计较。我上气不接下气地问："这里还有另外一扇门吗？"她点点头，说："你走过出纳处，拐向左边就是了。你和妈妈走失了吗？"

"是，是。"在我对她发脾气前，我迅速回答并飞快地向出纳处跑去。难道我看起来像个婴儿吗？

当我再次来到户外，我还是找不到那个年轻人的踪迹。不过，我本来也没有期待这样就能成功，只是——我现在应该往哪个方向走呢？

于是我用全世界最古老的方法来帮我决定：

61

我闭上眼，原地打转三圈，再往前走。因为闭着眼，我向前迈了几步后，头便撞上了一块路牌，额头上立马起了一个大肿块。不管怎样，方向是确定了：往右转，顺着街道向下走。

我通常都是幸运的。还没走到五分钟，我就发现那个年轻人站在街边的水井旁。不一会儿，他坐到了台阶上，全神贯注地望着汽车站方向。我则躲在一面广告墙的后面，也和他一起凝望——梵妮莎一定会从前面哪个地方突然冒出来——对此，我可以毫不犹豫地打赌五十包卡本特牌口香糖。啊，不，一百包！

梵妮莎果然出现了。两人互相问候致意，前后左右地互相打量，然后顺着我刚来的那条路返回。梵妮莎和这个年轻人是同谋，这连一个瞎子都看得出来。可怜的普里姆斯，我暗自忖（cǔn）度（duó），这样一个姐姐不值得你担心。

这两个人不停地交谈。他们说啊，说啊，我在他们后面一直保持五十步的距离，所以什么都听不到。天啊，如果可以，我愿意用我的旧滑板去交换他们说了些什么！

在银行大厦旁，先前这个年轻人就是在这里把我甩了的，现在所有的一切突然间发展得很快：这两个人停了下来，年轻人从裤袋里

掏出一个黑色的东西，它……它……它看起来像毛线帽子，一个带蒙面的毛线帽子！这是用来抢劫的。他们想要抢劫银行！在那张我从木棒里找到的碎纸条上，他们已经约好了要去抢劫！

我像火箭一样冲向他们，喊道："站住！不要那么做！"

梵妮莎吓得脸都白了，她紧紧地抓住那个年轻人，而那个年轻人生气地对我说："你，小家伙，你在胡说八道什么！"

64

"你们不能抢劫银行！"我叫道。

"怎么回事？"梵妮莎吃惊地问道。

就在此时，我看清楚了这个年轻人从口袋里掏出的东西，是一条黑色的丝质手帕，像巫婆惯用的那种。该死的，我真是个蠢蛋！

"我……以为……这是毛线帽子。"我指着那条手帕结结巴巴地说。

"谁会在夏天戴一顶毛线帽子来打劫银行？"年轻人接过我的话，"你电视看多了。滚吧，立马消失！"

"等一下！"梵妮莎叫道，"我是不是见过你？"

我咽了口口水，我真希望能钻进老鼠洞里去。我为什么要接这个愚蠢的委托？

"也许在马戏团。"我嘟囔道。

"在马戏团里?"梵妮莎问。

我很清楚她的脑子里在想些什么。

"你是不是已经观察我们很长时间了?"她继续问道。我点点头,现在什么都无所谓了。

克瓦特,这个至少是世界上第二伟大的侦探,这次可真是丢尽了脸。

"但是为什么?"年轻人问。

"因为那个木棒。"我回答说。我从口袋里掏出我认为是勒索信的那块小纸片,补充说:"因为这个。"

那个年轻人从我的手中夺回纸片,骂道:

"该死的！他拿到它了！"

梵妮莎紧紧地抓住我的胳膊，说："是我爸爸雇用你跟踪我们的？"

"他和这没关系。"我回答说，"是普里姆斯委托我的。他担心你陷入了什么不正当的事情。而当我在木棒里找到这张纸条时，我就断定你一定是在勒索谁。但普里姆斯不相信这是真的！"

梵妮莎盯着我看，接着她就开始狂笑起

来。她笑啊，笑啊，一直笑到连一些过路人都停住脚步，好奇地向我们这边张望。

夏洛克·福尔摩斯

"一桩勒索案。"她喘着气说，"托比亚斯，你听到了没有？一桩勒索案！"

那个叫托比亚斯的年轻人从口袋里掏出一张纸，用命令的口吻说："看看这个！"接着他问我，"你叫什么名字？"

"克瓦特。"我私家侦探的身份，我想还是

不说的好，眼下福尔摩斯或是其他同事都会为我感到羞愧的。

我阅读起纸条来，立刻觉得很不好意思。我越往下读，越是羞愧得连耳根都成了猪肝色。当我读完纸条后，我都不敢抬头去看他们。纸条上写着："18:00 在火车站的水井旁碰面。你还爱我吗？我一直都在想你。梵。"

"怎么样？"托比亚斯问，"这是不是你们所谓的不正当的事情啊？"说完他递回给我那张小纸片。

"这上面也是写着：'像上次一样，18:00 在火车站的水井旁碰面。我一直都在想着你最后和我说的那句话。'老弟，老弟，你的想象力也太丰富了!"

我尴尬地咳嗽了几声。"那你们为什么不像平常人那样约会呢?"我咳嗽着说,"为什么要用木棒这种把戏?"

梵妮莎把她的黑色头发拢到一边,说:"因为我亲爱的爸爸,他时刻注意我。他认为我就应该只专注于训练,这样我才能越来越优秀,并且有朝一日能在全世界著名的马戏团里登台演出。所以,就连打电话他都站在我身后,在这种情况下我怎么能和托比亚斯约会?"

"所以你们就想到木棒这个主意?"我满有把握地说。

托比亚斯点点头："也许没有比这更好的主意了，不是吗？"

我耸耸肩。噢，老天，勒索对我而言已经很复杂，但对恋爱这种事情我就更加不知所措了。这种事情非我能力所及，或者可以说根本不知道该怎么办！但有些事我还是必须弄清楚。

"你们还要继续使用木棒计策吗？"

"今天是最后一次。"梵妮莎保证说，"那你会跟普里姆斯讲你所发现的一切吗？"

我点点头。

"普里姆斯知道也没关系。"托比亚斯说，并且递给梵妮莎那张黑手帕。

"你在学校庆祝活动上用到它了吗？"

他点点头，说："说它是女巫专用丝手帕更形象些。"

"那我爸爸那边怎么办？"梵妮莎转过头来问我。

"我不会透露半点的。"

"你保证？"

"我保证。"

5

晚上演出开始之前，我就向普里姆斯讲述了梵妮莎的木棒是用来干吗的。

普里姆斯知道姐姐只是恋爱了，而不是陷入了什么违法的事情中，自然是很开心的。

他如释重负地从裤袋里掏出五包卡本特牌口香糖，并说："你的报酬，克瓦特。找到奥尔佳的售货亭可是一件费工夫的事情。我想，她很喜欢你。"我相信，当时我的脸一定红得很厉害。"你怎么这么认为?"我想知道。

普里姆斯又露出他标准的"愚蠢的奥古斯特国王"似的笑容,说:"'代我问候亲爱的克瓦特',她是这么说的。"

我都不知道该说什么好。"奥尔佳有时候有一点可笑。"我只冒出这句话来。我决定以后跟女士说话要严肃一些。

"啊!"普里姆斯说,"此外,你还将得到一些东西。赶快,跟我来!"

我跟着他来到他和他父母以及梵妮莎生活的篷车里。表演在即,所以没有人在车里。普

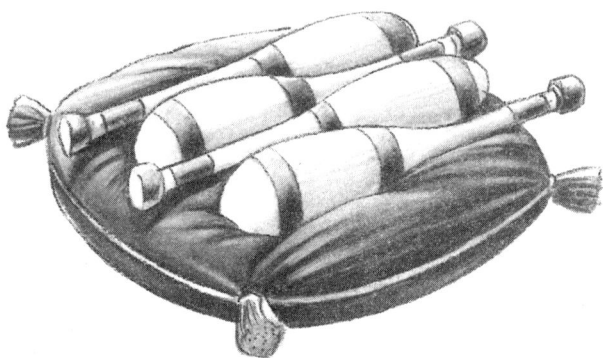

里姆斯郑重地递给我四根杂耍木棒。

它们当然不是全新的，不过摸上去的手感特别好。

"这些很适合用来练习。"他说，"我把它们送给你了。"

"真的吗？"

"当然，克瓦特。试试！"

我立刻开始进行杂技表演。在我差点打碎

落地灯后，我们就来到了户外。

普里姆斯教了我所有初学者该学的东西。不久，我就能同时抛接两根木棒，而不会让它们缠住我的手了。

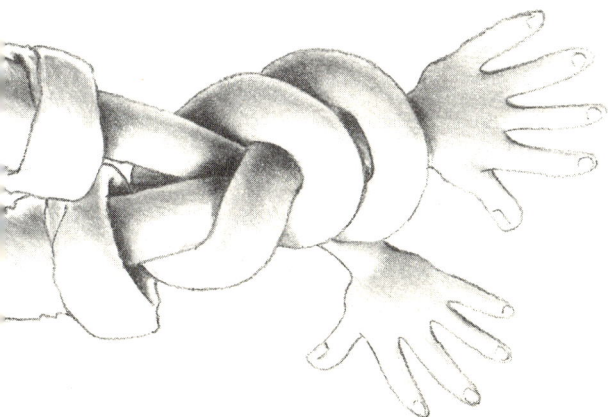

也不知道过了多久，我们俩都到该说再见的时候了。我呢，妈妈在等我吃晚饭了，而普里姆斯的表演也要开始了。告别的时候，他说："克瓦特，谢谢。只可惜我们的访问演出三天后就要结束了。"

我点点头。"下次再来啊！"我说，"那时我们就一起演出。"

这就是查姆帕诺马戏团和木棒计谋的故事。这的确没有为我赢得什么好名声，但至少普里姆斯现在不用为他姐姐担心了。

梵妮莎和托比亚斯进展如何，我不知道。普里姆斯想给我写信，但他确实直到现在都还抽不出时间来。

目前我还没想到比练习木棒更好的事。它们一直待在我的冰箱旁边，但必须等我康复了以后才能练习。有件事我肯定是

清楚的：将来我要更谨慎地使用我的亲吻

才行……

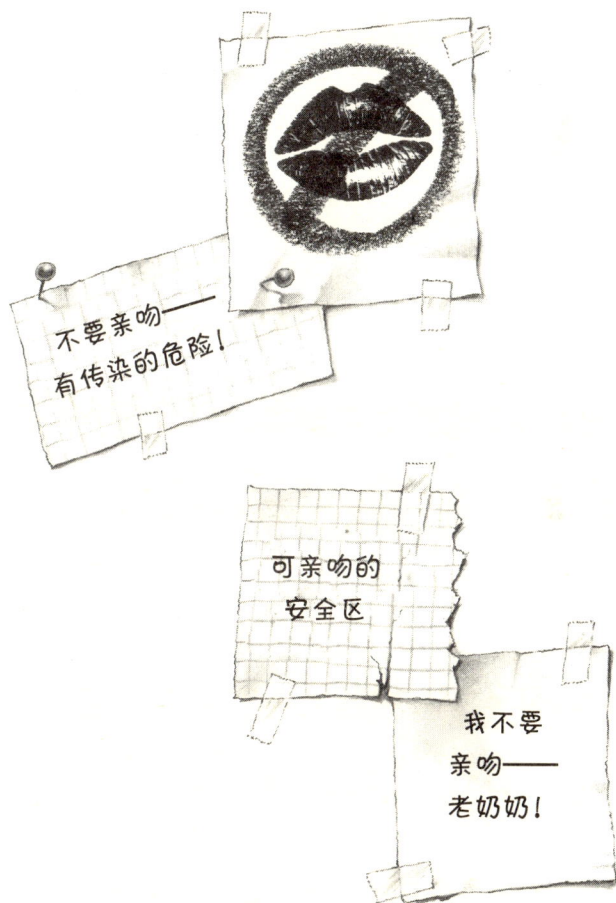

不要亲吻——
有传染的危险！

可亲吻的
安全区

我不要
亲吻——
老奶奶！

克瓦特探案集

神秘的面具

江澜 译

1

最近，老师常在宗

教课上谈论鬼神。其他

人都认为非常有趣，但我快要睡着了。一个私

家侦探是不会相信鬼神、幽灵这些乱七八糟的

东西，只有傻瓜才会对吸血鬼、无头骑士，或

是藏身于臭气冲天的烂泥里的湿滑怪物感兴

趣。但是，现在我要讲述的这个案子却也涉及

"鬼"。我得从头讲起。

你知道的，我酷爱卡本特牌口香糖和比萨饼。如果没有口香糖，我的思路就会不清晰；如果没有比萨饼，我就会失魂落魄好几天。其实，我的第三大爱好就是冰淇淋，而且是意大利冰淇淋。

吉奥凡尼的多罗米提冷饮店是城里最小的冷饮店，只有三张桌子，全靠他一个人打理，但是有世界上最棒的意大利冰淇淋。我喜欢柠檬配巧克力，但吉奥凡尼非常不屑这种配法。

每次我去冷饮店，吉奥凡尼都会说："克瓦特，柠檬配巧克力是不行的！柠檬可以与香草配，或者和草莓配，但是绝对不能和巧克力

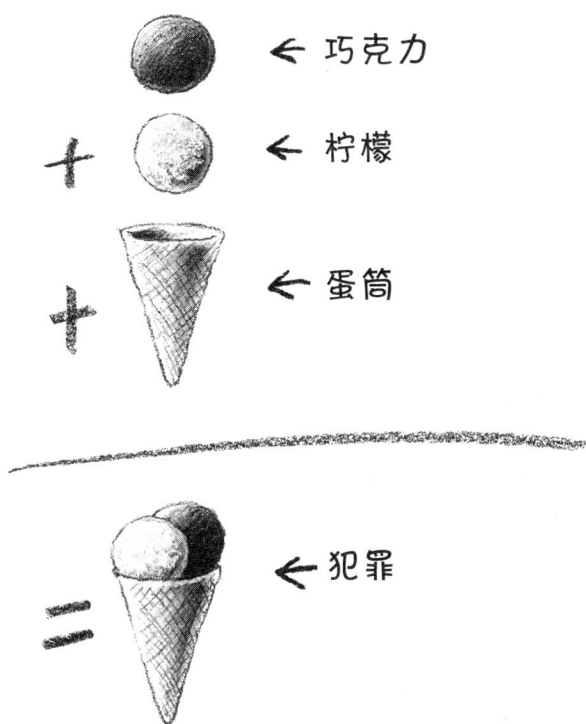

← 巧克力

← 柠檬

← 蛋筒

← 犯罪

配！柠檬配巧克力简直就是一种犯罪！"

我也总是回答："吉奥凡尼，你对犯罪一

窍不通。保持冷静！给我冰淇淋吧！"

吉奥凡尼总是会再唠叨一会儿。不过，最

终他还是会给我一个柠檬球配巧克力球的蛋筒冰淇淋。

"不懂冰淇淋艺术的人！"有时候他会在我身后大声地说。

几个星期前的一天，放学后我去了吉奥凡尼那里。听写课我不及格，在这种倒霉的时候，冰淇淋是我最需要的。

那天下雨，所以吉奥凡尼比较清闲。他坐在柜台后面的高脚凳上，把鼻子埋在一份意大利体育报里。吉奥凡尼身边的咖啡自动售卖机在嗡嗡作响，收音机里播着一首蹩脚的伤感歌曲，这里的气氛百分之百符合那天的天气与我在听写课上所得的低分。

吉奥凡尼专心致志地看报，他没有注意
到我。

我使劲地敲柜台，把吉奥凡尼吓了一跳。

"啊，原来是你！"他说着，然后打了一个哈欠。

"没事发生吗？"我问。

我也想提个更有意思的问题，但是今天，我想让他提起话头。

吉奥凡尼看看外面，雨点正打在人行道

上。"克瓦特，我真想回意大利。那里总是阳光灿烂。"他低声说。

"阳光灿烂？"我叫了起来，"意大利已经下了四个星期的雨，这是我在电视上的天气预报里看到的。现在，我想要冰淇淋。"

"柠檬配草莓？"吉奥凡尼一边狡猾地问，

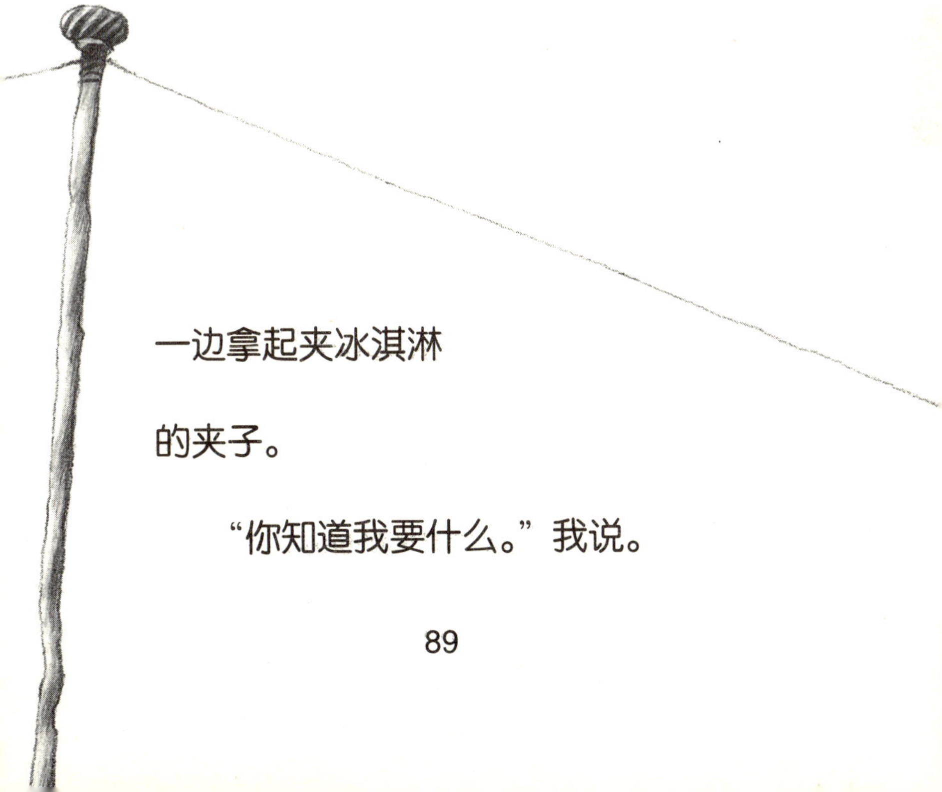

一边拿起夹冰淇淋

的夹子。

"你知道我要什么。"我说。

"请不要那样配！"吉奥凡尼像是在乞求。

"柠檬配巧克力！"我面无表情地说。

"克瓦特，你是一个……"

"好了，"我打断他的话，"快点！"

在吉奥凡尼配冰淇淋的时候，我的目光落到了他身后的一堵墙上。

那里平时挂着一幅巨大的风景画，现在却挂着一个非常丑陋的面具。

"这是什么？"我吃惊地问。

吉奥凡尼的手越过柜台，把冰淇淋递给我。

"这是非洲面具。"他解释说，"它能带来

好运，也能驱赶恶魔。"

"你也相信这个？"

吉奥凡尼耸了耸肩。"你从哪里弄到这东西的？"我继续问。

"从一个小男孩那里。"吉奥凡尼回答，"昨天下午他走进我的冷饮店，买了一个冰淇淋，然后送给我这个面具。"

"这么简单？"我瞪大眼睛问。

"他说因为我这里有世界上最好吃的冰淇淋。"吉奥凡尼笑着回答。

"那个小男孩说得很对。"我盯着吉奥凡尼，"你喜欢这个面具？"

吉奥凡尼点点头："是的，我喜欢。"

"我可不喜欢。"我说。

在回家的路上，我很快就把吉奥凡尼和他的面具给忘了。起初我完全专心于可口的冰淇淋，然后我开始思考怎样把听写课不及格的事告诉妈妈。妈妈一向对我做私家侦探的工作不以为然，在滑轮鞋失踪案上，她甚至要求我停止探案工作。我可是做了很多努力才让她改变了主意的。

妈妈今天也遇到了倒霉事，所以我的不及格对她的刺激远没有我预想的那样强烈。早上她骑自行车时撞到了一只毛很长的卷毛狗，现在那只狗的主人向她索要一大笔医药费与精神损害赔偿费。

"真让人头疼！那人就差再问我要一笔安

葬费了。"她叹了口气，然后心不在焉地问，"你听写课不及格?"

"是的，妈妈。"

"你要努力，听到了吗?"她说。

"我保证，妈妈。"

她摸了摸我的头。

"其实，那只狗只是被撞得有一点点瘸。"她继续抱怨，"再说，它突然出现在街上，我自己都差点摔倒。"

"可怜的狗。"我说，"要我帮忙吗?"

妈妈摇了摇头，说："算了吧! 这件事我自己能解决。唉，我本该预感到今天会发生倒霉的事情。"

"为什么?"

"哦,早餐时我把糖罐打翻了,这可不是个好兆头。"她说。

"妈妈,你也相信这个?"我吃惊地问。

她耸耸肩:"也许吧,我也不知道。"

我走进了自己的房间。真奇怪!难道所有的大人都这么迷信吗?还是只有妈妈和吉奥凡尼相信神神鬼鬼的那一套?我对这个问题很感兴趣。

完成作业后,我决定去找奥尔佳。首先,我需要补充卡本特牌口香糖;其次,奥尔佳的售货亭是个适合闲聊的地方。

"你好,我的小甜心!"奥尔佳问候我,"你没有口香糖了,是吗?"

我点点头，笑着说："给我来三包卡本特牌口香糖。"

她把口香糖递给我，还有一杯汽水。

"汽水算我送的。"她说，"克瓦特，干杯！"

"干杯，奥尔佳！"

"最近有什么新鲜事吗？"奥尔佳问。她是我最好的朋友，而且在以前的几个案子中，她都是我得力的助手。

"没有。"我回答，"每个人都很规规矩矩。对了，你迷信吗？"

奥尔佳笑了："迷信？我？一点儿也不！"

"哦，谢天谢地。"我松了口气。接着我对她讲了妈妈和吉奥凡尼的事。

在我说到吉奥凡尼的时候，奥尔佳突然变得不安起来。

"克瓦特，你还没有听说吗？"她问。

"听说什么？"

"吉奥凡尼的冷饮店里有东西爆炸了！"她大声地说，"克瓦特，这会不会和面具有关？"

谁说奥尔佳一点儿也不迷信？这话就像母鸡的笑话一样可笑。

但是现在我没有时间跟她讲大道理了，我必须马上到冷饮店去。但愿吉奥凡尼没事！

幸运的是吉奥凡尼没有受伤。

不过，多罗米提冷饮店里的其他东西看起来都很糟糕。柜台后面的墙上满是褐色的污点，大吊扇上面的天花板也没有幸免。此外，爆炸还毁掉了一大半的冰淇淋杯子，柜台上到处都是五彩缤纷的玻璃碎片。

我原以为那个可怜的吉奥凡尼会坐在墙角痛哭，

但是没想到，他却显得很平静，似乎还有些高兴。

"怎么回事？"我问。

吉奥凡尼指指旁边的一堆废铁。

"浓咖啡自动售卖机爆炸了。"他说，"光想想，我的心跳都停止了。"

"看来你的面具没有给你带来什么好运气。"我说。

吉奥凡尼抚摸着那个丑陋面具上的稀疏毛发。"面具没有给我带来好运？"他大声地说，"咖啡机爆炸时，店里没有人。你知道吗，要是这里站着一群孩子，那会有多可怕！克瓦特，咖啡机已经很旧了，不管有没有那个面具，总有一天它会坏的。"

我反驳他："但是，吉奥凡尼，那台机器不是坏了，它是爆炸了。"

"这有什么！"他继续高声说道，"电器经常会发生这样的事。几年前我的旧剃须刀就在我的手里爆炸了。"

"看来你不需要我调查了？"我问。

"调查?"

"对，也许这场爆炸的背后隐藏着别的什么东西。"我回答。

吉奥凡尼绕过柜台，把他的大手放到我的肩上："你根本不用调查。保险公司的人马上就来，事情很快就会解决了。"

我点点头。

"你要冰淇淋吗?"吉奥凡尼问。

"免费的吗?"我反问。

这个问题的答案不言自明。吉奥凡尼非常小气，就算是一个破碎的小羊角面包，他也舍不得。更别说一个免费的冰淇

淋，那只能是奢望。事实果然如此，吉奥凡尼只是看着我笑，所以我没有要冰淇淋就离开了。我的零花钱早就花完了。

在回家的路上我很生气，倒不是因为吉奥凡尼的吝啬，而是为他不把这个案子交给我而感到窝火。

他为什么要拒绝我的帮助？他为什么那么肯定爆炸是正常现象？为什么在事故发生后他的心情那么好？为什么？

我忽然想起了那个滑轮鞋的案子。送比萨饼的弗里茨当时也不愿意我做进一步的调查。

　　我把一块卡本特牌口香糖塞进嘴里，口香糖散发出的无与伦比的香味有助于我思考。难道爆炸是吉奥凡尼自己搞的鬼？他想从保险公司获得财产损害赔偿金，然后买更新更好的咖啡机？

　　我迎风走在大街上，下定决心要办这件新

案子。不管吉奥凡尼是不是喜欢我这样做，我都会调查这件事情，我甚至可以不要任何报酬。我把眼睛睁得大大的，这个老吝啬鬼想阻止我？没门！

3

第二天，学校前两个小时都没有课。起床后，妈妈派我去买小面包和鲜奶，她给了我一元跑腿费。下午奥尔佳托我骑自行车到香烟批发商那里去取货，我又挣了五元。一共六元！我的钱包里很久都没有这么多钱了！我知道我会怎么花这笔钱，我已经能闻到柠檬与巧克力的混合香味啦。

我冒着滂沱大雨跑到吉奥凡尼那里。但

是，冷饮店门口挂着一个牌子。

**由于故障
本店休业**

我站在那里，目光透过橱窗。像往常一样，吉奥凡尼坐在柜台后面的高脚凳上，安静地捧着每天必读的体育报。他在搞什么？我要买冰淇淋，他却把店门关了！

我使劲地敲门。吉奥凡尼认出了我，开了门。

"又怎么啦？"我问他。

"冰淇淋机器坏了。"吉奥凡尼皱着眉

头说。

"那就是说……"

"就是说，今天既没有柠檬冰淇淋也没有巧克力冰淇淋，什么冰淇淋都没有。"他把我的话补充完整了。

"我可以进去吗？"我问。

他堵住门："为什么？"

"我想仔细地瞧一瞧那个面具。"我回答。

我从他的手臂下面钻进去，进了冷饮店。吉奥凡尼在我身后把门关上了。

"难道你不觉得这事很奇怪？"我问。

"有什么奇怪？"

110

"自从你有了那个面具，冷饮店就总有事情发生。"我说，"先是咖啡机爆了，接着就是冰淇淋机坏了。这个面具没有带来好运，它是个让人倒霉的东西！"

天啊，我在讲什么呢？我有点像那些迷信的大人了！

"克瓦特，别胡说！"吉奥凡尼赶紧说。

"冰淇淋机如果经常不用，就有可能坏。在这样糟糕的天气里没有人要买冰淇淋，当然你除外。"

这个吉奥凡尼真是个固执的老头！不管怎样，侦探的直觉告诉我这个面具肯定有问题。

"我可以看一看那个面具吗？"我问。

他耸耸肩："你真是一个纠缠不休的家伙。你在我这儿不会有发现的，我可以跟你打赌！"

吉奥凡尼想打赌？嗯，当然没问题！我知道他输定了！

"好吧，我们打赌。"我说，"如果我查出这些事是有人在幕后操纵，我就要一个三颗柠檬球配三颗巧克力球的冰淇淋。"

吉奥凡尼犹豫了一下，然后说："好吧，克瓦特。但是如果你的怀疑完全没有道理，那你就一个月内不能吃柠檬配巧克力。什么样的冰淇淋你都可以吃，只有这种不行。"

这我可得好好考虑一下。假如我输了，那么整个夏天我就要同柠檬和巧克力混合

113

味的冰淇淋说再见了。但是我没有退路，我还是向吉奥凡尼伸出了手。

那个面具是用很轻的木头做成的，毛发是丝胶做的，它的塑料眼睛似乎瞟着我。除了丑陋之外，我没有发现这个面具有什么不同寻常的地方。

"怎么样?"吉奥凡尼以胜利者的姿态说，"你输了吧?"

"咱们走着瞧!"我说着离开了冷饮店。

我没有马上回家，而是先去找奥尔佳。在

我给她讲了吉奥凡尼冷饮店的最新事件之后，她像往常那样从嘴里拖出了湿答答的烟。

沉默了一会儿，她说："也许那个面具真的具有邪恶的魔力。"

"别傻了，奥尔佳。那玩意和任何一只普通的塑料玩具鸭子没什么两样。面具是用木材与

丝胶做成的，眼睛是塑料的。我可不相信它能有什么魔力！"

奥尔佳摇摇头："克瓦特，世界充满了神秘。在澳大利亚有一些魔术师，他们能在一公里之外让你着魔。"

我嘿嘿笑道："哦，那么他们肯定也会让咖啡机与冰淇淋机着魔，是吗？"

"克瓦特，这些都是事实！"

"但是吉奥凡尼来自意大利，不是澳大利亚！"我大声地说。

以前我一直都以为奥尔佳是个理智的人。

现在，我不再那么有把握了。

我正要离开，一个男孩来到了售货亭，他买了四包卡本特牌口香糖。看来这个男孩知道什么牌子的口香糖可口。我立刻对他产生了好感。

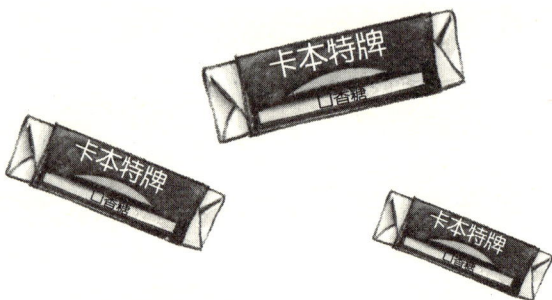

奥尔佳好像认识他。"拿好了，马里奥。"她把口香糖递给他的时候说道。

"他是个新顾客。"那个男孩离开后，她对我说，"几天前他一下子买了二十包卡本特牌口香糖。"

显而易见，他对口香糖比我还着迷。我还一直以为我是这个城市里唯一对口香糖上瘾的人呢。

"奥尔佳，再见！"我

说，"我得走了。"

奥尔佳跟我挥手告别。

回到家，我倒了一杯全脂鲜奶，往嘴里塞了两块卡本特牌口香糖，然后躺上床。我又得进行夜间调查了，我要潜伏在吉奥凡尼的冷饮店附近，看看会发生什么。妈妈在医院值夜班，这让我的调查能顺利实施。

4

到了晚上，我把用于行动的一切装备都装
进了旅行包：两瓶全脂鲜奶、足够多的卡本特
牌口香糖、一个手电筒和一件暖和的毛衣。

我不喜欢夜间调查，但遗憾的是大多数可
疑人物都会在夜间出没。

晚上天很凉，街上几乎没有人。突然，一

只肥大的短尾猫跳到我的面前。

这有什么？这并不是一个什么坏兆头！我

可不像吉奥凡尼、妈妈和奥尔佳那样迷信。

吉奥凡尼冷饮店对面的一个大垃圾箱后

面，是我监视的最佳位置。

我已经做好了长时间等待的准备。所以当半个小时后就出现了一个人时，我感到很意外。这个人站在冷饮店前，他的夹克衣领高高竖起，帽檐遮住了他的额头。

　　这就是我要调查的人？

　　他左右看看，似乎在检验空气是否纯净。过了一会儿，这个人在冷饮店旁边的院子门口消失了。我正要起身跟踪他的时候，看见一束手电筒的光射向冷饮店，但光线一扫而过，马上又熄灭了。那个家伙从院门出来，返回街道，跑了。

我立刻抓起旅行背包，跟在他的后面。尽管我拼尽了全力，但距离还是渐渐被拉大了。我眼冒金星，脑子里有东西在突突直跳。终于，那个人在下一个路口跳入了一辆汽车，没有打开车灯就扬长而去。

我气喘吁吁地蹲在人行道上，心脏好半天才恢复了正常的跳动。接着，我穿过院门口，来到冷饮店的后门，按下后门的把手。后门是开着的！难道那个男人看见了我，发现我在跟踪他？

我没有看清他的脸，也没有认出他汽车的

标志。我只知道这个人个头很小，而且有冷饮店的钥匙。

不管怎样，我可以肯定一件事情：那个非洲面具没有魔力，是有人在捣鬼！就这么简单！

回到家，我的脑子里还不断地蹦出一些

问题：

那个男人想在冷饮店干什么？

他怎么会有钥匙？

他与吉奥凡尼是一伙的？

当我上床睡觉时，我还没有找到这些问题的答案。但是，我知道第二天要做什么了。

八小时后，我起床了。虽然肌肉有一点酸痛，但我还是觉得精神抖擞。我和妈妈一起吃

了早饭，接着她准备睡觉。她喜欢这样，尤其是上完夜班之后。

"今天你打算干什么？"她打着哈欠问。

"上学。"我说。

"没有新案子？"她继续问。

"好像有吧。"我回答，但是她已经听不到了。我帮她盖好被子，然后蹑手蹑脚地走开了。

中午，我去找吉奥凡尼。我都认不出他了！他的左眼肿了，额头上贴着一张大膏药。

"你老婆打你了？"我忍住笑问。

"真有趣！"吉奥凡尼叽里咕噜地说，"不，我是摔倒的！"

"在哪里？"

　　"在店里！今天早上我打开门，刚走了一
步就砰地一下摔倒。这里撞在了柜台上。"

　　吉奥凡尼摸摸脑袋，继续说："昨天晚上
那个女清洁工肯定把肥皂水淌在了地板上，而且还忘了擦！害得我成了现在这个样子，只剩半条命了！"

我蹲下去，摸了摸地板，柜台前的地板是湿的。我闻了闻手指，果然是肥皂水。

起身时，我的目光落在了柜台后面的墙上。那里又挂上了风景画！

"你的吉祥物哪儿去了？"我问吉奥凡尼。

"吉祥物？"他嚷道，"那玩意儿只会让我倒霉！"

他打开抽屉，取出那个面具："克瓦特，这个面具给

你了。"

我谢绝了。我不迷信，但是这东西实在太丑陋了。

"我要别的东西。"我说。

"什么？"吉奥凡尼问。

"柠檬配巧克力的冰淇淋。"

我一边享受着冰淇淋的美味，一边细细思考。看来，那个神秘男人来冷饮店不是因为那个面具，可是肥皂水的事一定是他干的。现在倒是可以确定，吉奥凡尼与那个男人肯定不是一伙的。亲爱的吉奥凡尼不会甘愿冒着脑震荡的危险去干这事。

"对了，昨天晚上我一直盯着你的冷饮

吉奥凡尼

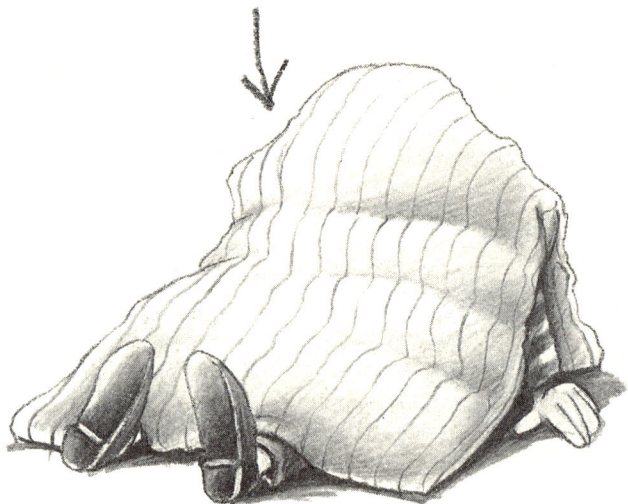

店。"我说了一句。

"你这个年纪的男孩在晚上应

该躺在床上！"吉奥凡尼说。

这话真像是妈妈说的！

我详细地告诉吉奥凡尼我所看到的一切。

他的脸越来越红，我甚至都开始担心他的健

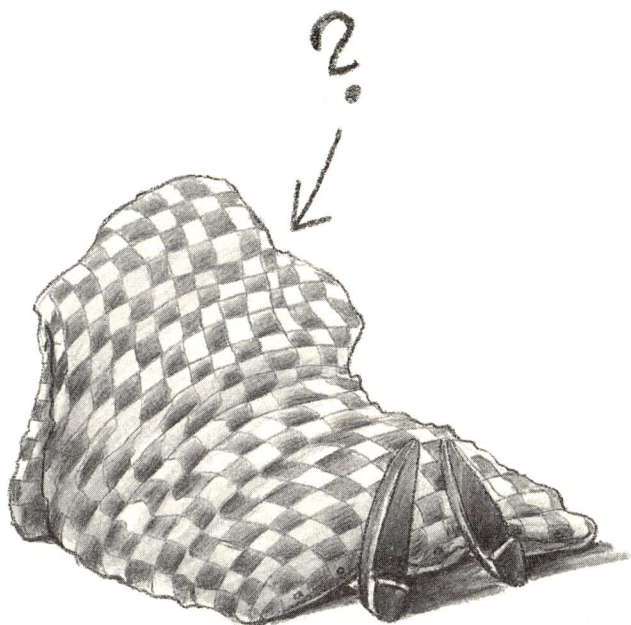

康了。

　　"这个罪犯!" 他怒吼着, "如果让我抓住他……"

　　"后门有几把钥匙?" 我打断他的话。

　　"只有一把。真该死, 我早就想安一个保险锁。" 吉奥凡尼自言自语。

他为他的吝啬付出了代价。

"我马上就去报警!"吉奥凡尼说。

看看他吧，先是相信魔力，接着就是要叫警察。

我回头看着那个躺在敞开的抽屉里的非洲面具，突然，我知道自己该做什么了。

"我有一个更好的主意!"我说。

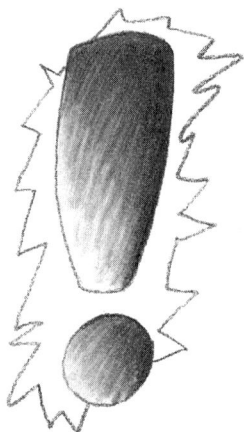

夜里，吉奥凡尼和我蹲在冷饮店里的柜台
下面。在黑暗中我们几乎看不见对方，但我
们知道自己这时候的尊容：吉奥凡尼把非洲
面具绑在了脸上，我则戴着狂欢节的死人头

面具。

已经修好的冰淇淋机在我的身后突突地响，但是外面没有一点儿声音。

吉奥凡尼用脚碰了一下我："那家伙没来啊。"

"再等一等。"我小声地回答，并且又向面具后面的嘴巴塞了一块卡本特牌口香糖。一个侦探需要有比常人更多的耐心。不能等待的人只能去卖冷饮甜食，就像吉奥凡尼。

当我的夜光手表显示已到午夜的时候，有轻微的脚步声逼近了后门。我拍了一下吉奥凡尼的肩膀，他没有反应。我又拍了一下，吉奥凡尼用鼾声回答了我。吉奥凡尼睡着了！这简直不可思议！他的鼾声会破坏我们的完美计划！我赶紧用右手捂住他的嘴，腾出另一只手拼命摇他。他终于醒了！

"发生了什么事?"吉奥凡尼含糊不清地问。

"别睡了!"我回答说，"有动静!"我就知道，与没有经验的新手一起办事，会比平时累十倍……

我们屏住呼吸，静静地听着钥匙在后门的锁里转动。吉奥凡尼想立即跳出去，但我把他按住了。那个男人敏捷得像只黄鼠狼，这我可

领教过。

我们一定要小心，小心，再小心，否则他就会从这里溜走。

门开了，伴随着轻微的响声。有人摸索着走进了冷饮店。手电筒的灯光亮了一会儿，然后又熄灭了。吉奥凡尼又想冲向那个男人，不过我再次成功地阻止了他。我想知道这个人这次会做什么……

有声音了，听起来像是锯子！

不能再等了。

我们都从柜台后面跳出来，打开手电筒，怒吼着冲向那个人……

他蹲在一张桌子前，手中拿着一把小钢锯，目瞪口呆，嘴唇无声地抽动。他肯定认为自己的末日到了。吉奥凡尼粗暴地把这个男人推到一张椅子上，夺过他的钥匙，打开了灯。

然后，吉奥凡尼撕下脸上的面具，把它扔在柜台上。我也把死人头面具摘了下来。

戴着面具实在太热了。

吉奥凡尼又转向了那个人，这时候，奇怪的事情发生了。

"马塞罗！"吉奥凡尼大声地说。他的声音听起来有些颤抖。

"吉奥凡尼！"刚才还在锯桌腿的那个人也大声地喊着。

接下来冷饮店都颤抖了！吉

叮！

138

奥凡尼与这个马塞罗开始用意大利语大喊大叫，语速飞快。以前我只知道火车有这么快的速度。

让我吃惊的是，马塞罗根本没有内疚的意思。他和吉奥凡尼一样愤怒，一直挥舞着拳头。

　　当两个脑袋之间的距离只有两毫米时，我就得有所行动了。我憎恨暴力，所以我站在了这两只斗鸡中间，大喊了一声："停！"

　　毫无效果！

　　我又试着喊出一个意大利语单词。这是我知道的仅有的几个意大利语单词之一。

这个单词就是"basta[①]"!

这个单词起作用了。

吉奥凡尼与马塞罗各退了两步。

"我可以知道这里发生了什么事吗？"我开

始问，"你们认识？"

---

① basta 为意大利语，意思是"够了，别吵了"。

吉奥凡尼点点头。

"还有呢?"我继续问。

"他是马塞罗。"吉奥凡尼说。

"还有?"我又问。

"是他弄坏了咖啡机和冰淇淋机……"

"是他把肥皂水洒在地板上。现在,他还

想让桌子噼里啪啦地垮掉。"我补充说。

吉奥凡尼点着头。

"但是，他为什么要这么做？"

没有人回答。

"他为什么这么恨你？"我不停地追问。

吉奥凡尼沉默不语。那个马塞罗又开始冲他叫嚷。

"好吧，我去叫警察。"我说。

"不，别叫警察！"吉奥凡尼不安地大声说，"克瓦特，一定不能让警察知道！"

他坐到了门边的桌子上："我把一切都告诉你。"

故事是这样的，马塞罗与吉奥凡尼来自意

大利的同一个城市。他们的父亲在那里都有一家冷饮店。马塞罗父亲的冷饮店大，而吉奥凡尼父亲的冷饮店小。尽管吉奥凡尼的父亲非常努力，可是他的冰淇淋就是没有马塞罗父亲的冰淇淋好吃。讲到这里，吉奥凡尼停了下来，他走到柜台后面，给自己倒了一杯烧酒。短暂的犹豫之后，他给马塞罗也倒了一杯。但是马塞罗狠狠地把杯子推开了。

没有我的份儿？我想来杯汽水！

可是吉奥凡尼继续讲了起来："我离开家

的时候，带走了马塞罗的冰淇淋配方。"

"你偷了他的配方?"

我急忙问。

"嗯……对。"吉奥凡

尼急忙喝了一口烧酒。

"你是怎么偷的?"

我想知道。

"那是另一个故

事了。"吉奥凡尼说，

"马塞罗拿回了配方，

而且还决定报复我。"

"他怎么知道你在按照他的配方制作冰淇淋呢？"

"马塞罗的姐姐住在这个城市。她在我这里吃过冰淇淋，她辨认出了味道。"吉奥凡尼耸耸肩，"真倒霉！"

我指着吉奥凡尼从马塞罗那里夺回的钥匙，问道："他是怎么得到钥匙的呢？"

吉奥凡尼用意大利语翻译了这个问题。马塞罗飞速地做出了回答。

"马塞罗的姐姐有一个儿子。"吉奥凡尼解释说，"他叫马里奥。"

"马里奥？"我吃惊地问，"是一个头发很黑、个头跟我一般高的男孩？"

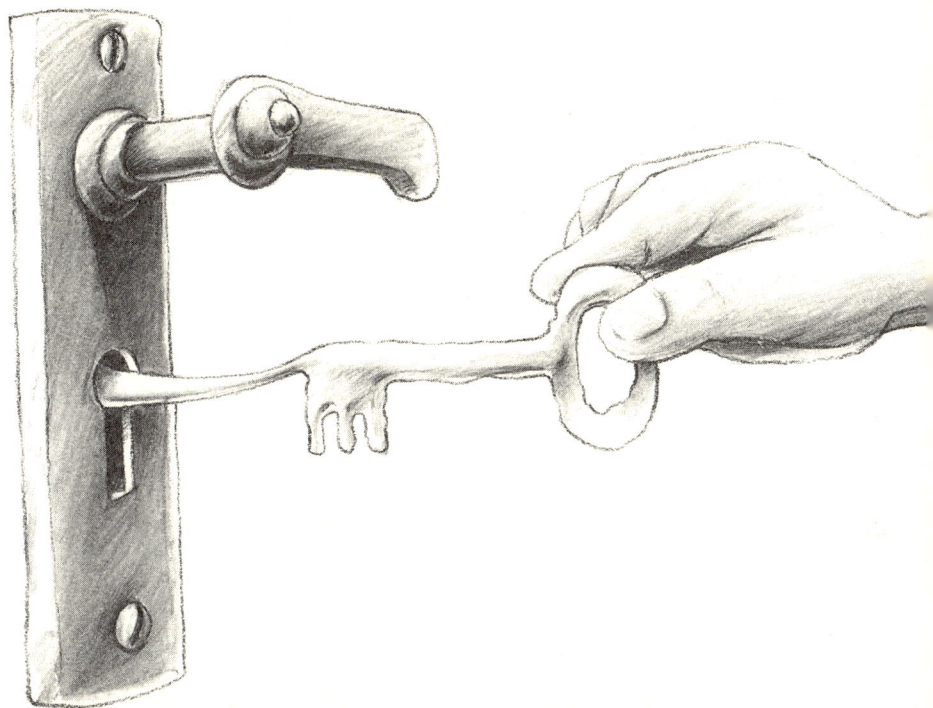

吉奥凡尼点点头："你认识他？那个非洲面具就是他送给我的。在我招呼其他顾客的时候，这个狡猾的小男孩把口香糖塞进后门钥匙孔，做成了一个模子。接下来的事情就可想而知了。"

我不禁笑起来。这个马里奥真是个聪明的

家伙！这就是他买了二十包卡本特牌口香糖的真正原因吧。

那个面具应该只是为他的舅舅打掩护。吉奥凡尼还真的上当了，他真的相信这些事情都是因为那个讨厌的面具。也难怪，他又不是私家侦探……

"现在怎么办？"过了一会儿，我问，"你想怎么处置马塞罗？"

"我不知道，"吉奥凡尼说，"但是你该回家上床睡觉了！"

我看看表，真的，我是该回家了。

"给我一个柠檬配巧克力的冰淇淋。"我说完，打了一个哈欠。吉奥凡尼走进了存放冰淇淋机的里屋。

"两元钱。"他拿着冰淇淋回来的时候说。

这个吝啬鬼！

"你好像忘了我们的打赌。"我说，然后吹

着口哨离开了冷饮店。

吉奥凡尼与马塞罗后来怎么样了？说出来

简直令人难以置信。他们两个人一起工作了。真的！吉奥凡尼站柜台，马塞罗做冰淇淋。他们的冰淇淋越做越好。周末的时候，冷饮店前面都排着长队。可是，吉奥凡尼仍然是那么吝

啬。他咬牙跺脚，才拿出了我打赌赢得的冰淇淋。尽管如此，我还是为他的冷饮店变成了一个金矿而感到高兴。总是期望别人感谢的人，是做不了私家侦探的。

还有，昨天我又去了奥尔佳的售货亭，我的卡本特牌口香糖吃完了。奥尔佳告诉我，马里奥又在她那里买了二十包卡本特牌口香糖！这个家伙！哈哈！难道我又会有新案子了？